मिट्टी की सुगंध

Published By

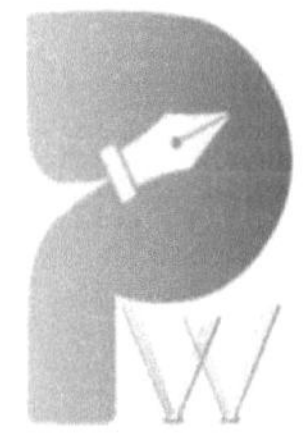

मिट्टी की सुगंध

राघवेंद्र बहादुर "सरल"

विषय सूची

बचपन से उच्च शिक्षा तक हिन्दी की पुस्तकों में विभिन्न लेखकों व कवियों को पढ़ने का सुअवसर प्राप्त हुआ। कुछ कवि व कुछ लेखक मुझे प्रभावित करते थे। तुलसीकृत रामायण की प्रशंसा तो करना आवश्यक है। यह ग्रंथ एक पूर्ण काव्य है। यह आध्यात्मिक ही नहीं साहित्यिक दृष्टि से यह महाकाव्य सभी विधाओं से ओतप्रोत एक शब्दकोष भी है। सूरदास की कृष्ण भक्तिपूर्ण रचना, मीराबाई की कृष्ण भक्ति सम्बंधी रचनाएँ व रसखान ने बहुत प्रभावित किया। सुभद्रा कुमारी चौहान ने चाहे कम ही लिखा हो लेकिन उनकी अपनी बेटी पर लिखी रचना मुझे बहुत अच्छी लगती है। यह कविता लेखन में मेरे लिये बड़ी प्रेरणा है। महादेवी वर्मा, जय शंकर प्रसाद, सूर्यकान्त निराला, हरिवंश राय बच्चन सब अद्वितीय हैं। इनसे पढ़कर प्रेरणा अवश्य मिलती है। धीरे साहित्य चलचित्र के क्षेत्र में प्रवेश कर गया। गीत अद्वितीय थे ही, स्वर व संगीत पाकर अमर हो गये।कवि प्रदीप की कालजयी गूँजती रचनाएं लुभाती हैं। भरत व्यास, नरेन्द्र शर्मा, बाल कवि वैरागी ,पद्मा सचदेव, योगेश, शैलेन्द्र , रवीन्द्र जैन जैसे महान गीतकार फिल्म क्षेत्र को उच्च बनाने में नई विधा के साथ अमर है। श्रोता के रूप में मैं अपने लिये भी इन्हें प्रेरणा मानता हूँ। बारहवीं कक्षा में आते

ही मुझे एक नया मित्र मिला गिरिजा कान्त त्रिपाठी। धीरे-धीरे हम अंतरंग हो गये। प्रतिदिन मिलना होता। एक दिन वह कुछ लिखकर लाया था। मुझे सुनाने के लिये पढ़ने लगा। पहले दिन तो औपचारिकता ही हुई। लेकिन लिखना उसकी दिनचर्या में शामिल हो गया। अब तो मिलते ही पहले एकांत की खोज कर अपनी कविता सुनाता। मैं अब हृदय से सुनता। मुझे भी अब तर्कसंगत लगने लगा। मैं अब उसके लेखन से प्रभावित था। अब रचना वार्ता करता और समालोचना भी। इसी क्रम में एक दिन पहली कविता शिशु लिख डाला। अगले दिन उसे अपनी कविता भी सुनाई। वह सुनकर बड़ा प्रसन्न हुआ। अब हम दोनों ही लिखकर एक दूसरे को सुनाने लगे। वह शिक्षा पूर्णकर शिक्षा विभाग में अन्य जनपद में सेवारत हो गया और मैं अपनी शिक्षा पूर्ण कर अपने गाँव चला आया।यह सन् १९७१ ई० की बात है। वर्तमान में मैं अपने पैत्रिक घर गाँव में हूँ। वर्तमान में मित्र गिरिजेश कहाँ है, मुझे नहीं मालूम, लेकिन मानो मेरी कविता को वह रोज पढ़ता है और मन में उसकी प्रशंसा की आवाज गूँजती है।

एक दिन पूछा था, तुझे अभी से कविता लिखने की कहाँ सूझ गई, बोला, यह तो मेरी रगों में है। मैं महाप्राण सूर्यकान्त निराला का पौत्र हूँ। वह मेरे बाबा हैं। मुझे भी बड़ी प्रसन्नता हुई।

निरंतर लिखता रहा गाँव मे रहकर। मेरा घर बस्ती से

थोड़ा हटकर है।चारों ओर विभिन्न प्रकार के पेड़ पौधे हैं

यह छोटा-सा जंगल है, यहाँ मंगल है साक्षात प्रकृति के

साथ। मेरी लिखने की निरंतरता में प्रोत्साहन के लिये

मेरी चार बेटियों ने मुझे Yq परिवार से जोड़ दिया। अब

इस मंच पर सभी उम्र के लेखकों, कवियों के साथ जुड़ा हूँ।
मुझे उनकी लाइक व कमेंट से बहुत प्रेरणा

मिलती है, प्रोत्साहन भी। वो मेरी बेटियाँ भी इसी मंच से
जुड़कर लिखने की इच्छापूर्ति कर कर रही है।

इस मंच पर सहयोग के लिये कोट दीदी व कोट बाबा को
प्रणाम करता हूँ।

रिश्ते

यहाँ कोई चाची है

कोई किसी की दादी है

इसी में पल रही

गली की आबादी है

कोई किसी का बाप है

कोई किसी की बिटिया है

खजूर के पेड़ के नीचे

टूटी खटिया है

मैं यहाँ कब आया

कौन जानता है

मैं अकेला हूँ

इसलिए सब मानता है

मेरे हित में थी उसकी ज़रा

वह मिला मिल गया कमरा।

प्रेम

हर बार वादा होता उनसे

लेकिन हम भूल जाते

अगली बार मिलने पर

सिर झुका स्वीकारते

वे जो कुछ कहते

बार-बार भूल का होना

बार-बार भूल कर सोना

और बिस्तर को चुपचाप

समेट कर रख देना

यही गति मेरी

काफी दूर घसीट लाई

कि

एक दिन तवे पर पड़ी

रोटी जल उठी

लोग धूँए से जाग गये

लेकिन मैं

अपनी तरफ बढ़ती हुई आँच

का एहसास न कर सका

लोग मुझे झकझोरते रहे

मैं

सपनों में झाँकता रहा

उठ रही रेत के महल आँकता रहा

उनके भी

अपने हाथों का कम्पन

और

पावों की गति में नयापन

सब मिट चुका था

उन्हें मुझ पर

बार-बार तरस आया

लेकिन

मेरे सम्मुख आते ही

काया उनकी जड़वत

हो जाती

फिर वह शक्ति जो

उनकी दृष्टि को मेरी ओर मोड़ती

चाहने पर भी गायब हो जाती

यहीं वे किसी भीषण आँधी का इंतज़ार करते

और

।।यहीं मैं भी इंतजार करता कि

कोई आये

मेरे रास्ते बदल दे।।

विरासत

धीरे-धीरे बीते कल की संचित स्मृति

बनी बोझ-सी जर्जर काया

मन ही मन तन हुआ पराया

।मन पर बचपन।लिये बुढापा

खीझा करता और बतियाता

तन की गठरी से बोझिल वह

उठ न पाता

देखा करता बैठे-बैठे

औरों को बस आता-जाता

पास बुलाकर अपना नाती

साथ बिठाकर।उलट-पुलटकर

चिटकी गगरी और किताबें

कुछ फुटकर में लम्बी नोटें

फटी कमरिया

पैबन्द लगी बंडी की जेबें

हर आहट पर कान टिकाये

न जाने न देखे कोई

यह सब तो अपनी थी ही

थके पाँव में जोर सँजोकर

उँगली थामे

धीरे-धीरे पाँव बढ़ाकर

किसी अँधेरे कोने में जाकर

सौंप दिया सब अपनी थाती

याद के पल

बरस कई बीत गये,प्रीत को सजाये

फिर वही याद लिए, बादल घिर आये

हाथों में हाथ रहा

वर्षों का साथ रहा

औरों से छुप-छुपकर आँख थे मिलाये

हाथों को चूमा था

मन कितना झूमा था

कितना अपनत्व लिये, शब्द थरथराये

छुप-छुप निहारते

मानो तुम पुकारते

जैसे अधिकार दिया, नैन को झुकाये

दीपक संग जलते हैं

अँधियारे छलते हैं

कोई उजाला आ, राह तो दिखाये

भूल जाना चाहते

पर भूल नहीं पाते

मत कभी सोचना, हम थे पराये

आज का आदमी

गुलों के बीच खोके, खुद को खोजता नहीं

अब आदमी से आदमी कुछ बोलता नहीं

भूल चुका आइने में, देखा हुआ चेहरा

बुत की तरह है खड़ा, कहीं डोलता नहीं

अपना वजूद ढूढ़ते, वह थक चुका है अब

अपने में ही डूबा हुआ, अब खोजता नहीं

कहने को है चारों तरफ, इंसान की बस्ती

बुलाने के नाम पर कुछ बोलता नहीं

सच बोलने में हर जुबाँ पे, लग चुके ताले

दहशत लिये आखों में, मुँह खोलता नहीं

जानवर के रूबरू अब, हो चुका है वह

दस्त जमीं पर रखे बिन, डोलता नहीं

चुल्लू भर ही था बहुत, गर चाहता मरना

सागर में कूद भी, वह डूबता नहीं

प्रेम गीत

अपने बनकर आज वो रूठे।

बहुत दिनों से जिन कलियों

किसलय के आँचल में पाला

सोचा था बसंत आयेगा

अलिनी का संसार बसेगा

पलके खुल न सकी शिथिलन में

बँधी रही भावों की माला

अवगुण्ठन में छुपे रूप के

मधुर-मधुर वे सपने टूटे।

व्यथित हृदय व करुण वेदना

दोनों का संसार मिला था

एक अनोखी भूल हो गई

अधिक प्रीत निर्मूल हो गई

कभी न हो पायेगा मेरा

उसके प्रति अनुराग मिला था

अंतर की निःशब्द वेदना

अधरो पर आ कैसे फूटे।

रात थकी थी थका था राही

खोज रहे थे वे अरुणाई

उनको स्व का भान हो गया

दोनों को अभिमान हो गया

दोनों भागे दूर गगन मे

ज्योति पुँज जब ली अँगड़ाई

सब भावुकता खो दी जिसमें

वो जाने पहचाने छूटे।।

बसंतागमन

सूनी डालें अंकुर फूटे

विरही जीवन सपने टूटे

धूप खिली महका चन्दन

ऋतुराज तुम्हारा अभिनन्दन

उपवन में कहीं महावर है

तो कहीं ढक रहा बसन पीत

है महकी मंद बयार कही

हार वही पर बनी जीत

छू रहा हृदय के अंतर तक

कुहकी कोयल का निज क्रंदन

पतझार दुःशासन नंगी कर

डालों से लिपट नही पाता

ढकने को वस्त्र लिये कितने

ऋतुराज कृष्ण बन छा जाता

है लाज बचाता अपनाता

हँस पड़ता दुःखित सुहागी मन

मुख देख सरोवर में अपना

खिल उठती धूप सुहागिन-सी

शीत सुबह ही कुम्हलाती

गर्मी को देख अभागिन-सी

है विदा दे रही बहन बड़ी

हो छोटी का खिलता यौवन

माँ

माँ लड़ती रहती पन्नों के बीच

पिताजी जब पढ़ते रहते थे

चश्मा हटा लेती थी आँखों पर से

उसे इंतजार था मेरे आगमन का

मैं जगाये रखता था उसे

एक पौधा हरियाया था हरे-भरे पत्तों से भरा

पिता जी सींचते थे

उसमें झाकने लगा था एक फूल

माँ उसे देखती थी प्यार से

किसी को छूने नहीं देती थी

वह भारी पाँव लिये प्रतीक्षित थी मेरी

पिता जी को सोने नहीं देती थी माँ

किसी अनहोनी की तरह मेरा आगमन निश्चित था

पड़ोस के शिशुओं के किलकारियों के बीच

मेरा नाम भी अपेक्षित हो गया था

माँ भयभीत थी कि मेरा जन्म किसी अपाहिज

बच्चे के शक्ल में न हो

कोई भी दर्द किसी भी पीड़ा को सहने को तैयार थी

पिता जी द्वारा दी जा रही सांत्वना से खुश हो जाती थी

मैं सुना करता था सब

मैं बोल नहीं सकता था, समझा नहीं सकता था

तमाम मीठे-खट्टे फल खाकर आश्वस्त थी

मेरा बच्चा पैदा होगा तो भूखा न होगा

अपने बढ़े हुये स्तन छूकर

मेरे स्वागत के लिये तैयार थी

मैं सम्मुख होने को तेजी से आगे बढ़ रहा था

मेरे लिये वह नन्हे-नन्हे प्यारे-प्यारे कपड़े

सिल रही थी।

उल्लू

मेरे घर के सामने बिजली का पोल है

जीवन के हर प्रभात में

ढेरों कल्पनाएं उपजित होती हैं

छुप जाती हैं सभी ,केवल एक के सिवा।

कभी एक प्रतीक्षा बन गई थी मुझमें उसमें

सूर्य की किरणे, झुरमुट में मुँह चुराने लगतीं

न जाने कब इसी बीच कहीं से उड़कर आ

बैठा रहता योगी जैसा

पोल से मकान तक खिंचे तार पर

बाहर से खिड़की पर केवल अपना ही मुख

दिखाई पड़ता

अँधेरे में सिमटते उसके भोले रूप में

उलझा-उलझा उसका मुझसे सम्बंध हो गया मानो

रात अपने में खोई रहती जब

मैं भी वह, के काल्पनिक सौन्दर्य में संलग्न रहता

एक स्वर बड़ा प्यारा लगता पत्नी का,

क्यों जी,क्या हो गया है तुम्हें आजकल

मौन को तोड़ भावुकता में कुछेक शब्द फूट पड़ते,

जी, जी तुम कितनी भोली हो,सच कितनी,

बिल्कुल उसके जैसे

रात के अँधेरे में जब एक भोलापन छिपते जाते हो,

तुम दोनों कितने अच्छे लगते हो

आखिर उसने इसे प्रेम गप्प मात्र समझा और

मैंने भी इसका राज नहीं बताया बहुत दिनों तक

प्रति दिन वे क्षण अँधेरे का निर्माण करते रहे

पंख फड़फड़ाते रहे,पायल में उलझी

खिलखिलाहट गूँजती रही

मैं भी उन्हीं में खोया-खोया

संतुलित दिनचर्या का मैं आदी हो गया

दिवस पर दिवस सरकते गये

शिशिर के दिन थे

तड़के ही शीतल हवा उधम मचा रही थी

सर्दी से पीड़ित आज मैं

दफ्तर से जल्दी लौट आया

साश्चर्य पूछ बैठी घरवाली,अरे,आज इतनी जल्दी कैसे।

दर्शन हेतु,मैं सहज ही बोल पड़ा,तुम्हारे व उसके।

शीघ्र ही तैयार हो गया सब चाय पानी

संध्या आयी वही क्रम लिये

मैं खिड़की पर आकर बैठ गया,उसकी प्रतीक्षा हेतु

गोधुलि आई चली गई,अँधेरा व्यापक होने लगा

वह न आया आज अभी तक

बस्तियों से निकलकर धुँए का स्तर धँसता गया

पागलपन में सिमटता गया मैं भी

आयेगा अवश्य, आत्मा में एक अनुभव

अब भी जीवित था

किसी के पंख फड़फड़ाये, आ गया शायद वह

प्रकाश फेंका,कुछ नहीं था ठंडक में

काँपते तारों के सिवा

कमरे बत्ती बुझा दी।अँधेरे में निराश-सा बैठा

अपशकुन की आशंका में घाट के दृश्य में

समाहित होने लगा। किसी की चिता जल रही थी वहाँ।

काफी रात बीते बुलाने आई वह मुझे

भोजन बन चुका जब

कमरे में अँधेरा देख बत्ती जला दी

मैं लेटा था तकिये के सहारे मनहूस-सा

मुझे उदास देख पूछ बैठी वह

मैं बोल गया आज नहीं आया ,वह

न जाने क्यों? कौन? वह प्रश्नवाचक-सी देखने लगी।

मैंने सब कह डाला आज, वही प्यारा उल्लू तुम जैसा।

वह इसे समझी या न समझी

क्षणिक मृतक मुस्कान लिये

मुझे ताकने लगी काठ के उल्लू जैसे।

मेरा संतुलन खो चुका था।

मैं रात के बारह बजे सोने गया,दिन के आठ बजे उठा

घर के सेहन को पारकर,बगीचे में पहुँचा जब, देखा,

वही उल्लू प्यारी आँखों वाला, निर्जीव पड़ा था,उठा लिया

सचमुच किसी ने मेरे प्रेम, दिनचर्या,त्याग की कर दी थी

उल्लू का अंत हो चुका था

अचानक मुण्डेर से एक आईना मेरे समीप पड़े पत्थर

पर गिरकर चूर-चूर हो गया।ऊपर देखा,

कुछेक शब्द लुढ़क पड़े,पत्नी के,अरे ,आह उल्लू मर गया?
स्वीकारात्मक भाव लिये मेरे नेत्र झुक गये।

मैंने देखा, समीप बिखरे आईने के हर टुकड़े में दो बिन्दु
करीब करीब मिल चुके थे

चिर सौन्दर्य लिए |

बेर_ का_ पेड़_

भूख लगी ठुकराया/फटे चीथड़ों युक्त राम सी काया/चेतन
से उलझी लोलुप लू युक्त हू-हू-हूँकार रही

दुपहरिया/पहूँचा जा /अपनी बस्ती से दूर कहीं/कंटक से

सजे वृक्ष से जा उलझा/नग्न क्षितिज के नीचे देखा
उसने/पके-पके,अधपके,कुछ कच्चे/जैसे खा लेगा सब/

'अरे छोकरे!कैसे तू,क्या देख रहा!; वह चौंका,पूछा
कोई/'भूख लगी है बड़े जोर की;/इसी हेतु, बोला वह/

" चल हट चोर कहीं का"पकड़ हाथ झकझोर शोर कर

दूर किया/छोड़ वहीं निज चाह चला आया वह/शान्त

पकड़ कर राह/पाल हृदय में द्वन्द पलितकर खट्टे-मीठे,

खटमिट्ठेपन को/छिपकर शीतल छाया में बैठा देख रहा

रखवाले की बस्ती में छिपती,ओझल होती परछाई को/

पहुँचा फिर चुपके-चुपके /काटों पर चल/धधक रही धरती पर/मिट्टी के टुकड़े लेकर/ढेले मारे, डंडे मारे/दोनों हाथों उठा-उठा/कितने अभी गिरे अच्छे ताजे/

कितने पहले के भी/झूठे-मीठे,बैर लिये बेरों को बैरी इच्छा से/भर पेट चबा डाले।।मन भाया।

सपने

सपने,सपने ही हैं

ये सच्चे नहीं होते

फिर भी

यथार्थ की देहरी पर

अन्यत्र

जीते हैं अवश्य

एक सपना था

अपनत्व लिये

मैंने चित्र बनाया,हूबहू

तुम जैसा

मैं कलाकार नहीं हूँ

मगर तुम तो यथार्थ थे

मेरी इच्छा है

इस यथार्थ को तुम्हारे सम्मुख

प्रस्तुत कर दूँ
दर्पण बनाकर।

ग़ज़ल

बंद दरवाजे सुरक्षित हूँ मगर

दस्तकें देती रही कोई हवा।

कोई आकर दर्ज करता हाजिरी

मेरी मायूसी की बन जाए दवा।

मुर्तियों-सा दिख रहा है यह शहर

सोंचता हूँ आज इसको क्या हुआ।

बस उजालों से मुझे अब ख़ौफ है

शाम आ जाये यही माँगूँ दुआ।

भूख है कि मिट नहीं सकती कभी

सामने है इक तवा जलता हुआ।

बरतरफ कर सारी अपनी ख्वाहिशें

हार कर बैठा हूँ मानों इक जुआ।

दर कदम जमाने से हमको खौफ है

पीछे खाई, सामने है इक कुँआ।

इक अदद सब मिट चुके हैं वास्ते
आज जाने फिर मुझे किसने छुआ।

आने वाला कल

एक स्वप्न था बीते कल का

एक खोई हुई सम्पत्ति

मेरे जीर्ण-शीर्ण खिलौनों से जुड़ी।

वह ममतामयी नदी जिसकी धारा में

क्रीड़ा करते मैं निर्भीक बह रहा था

चिंतन में जीवंत था अनंत प्रवाह।

ऐसे ही धरा पर बहते-बहते वह

छिछली होती गई

कि आगे बढ़कर गुम हो गई और

दिखने लगी किसी रेतीले मैदान की तरह

मैं भी पड़ा रहा सीप घोंघों के कंकाल सदृश।

यह स्वप्न आने वाले कल का सच था

जिसे मैं, अपने प्रबल वर्तमान में

उस समय नहीं स्वीकार सका।

विशेष:नदियों का संरक्षण आवश्यक है।

गीत

आओ मिल प्रीत के धागे पिरोंऐं

इतना न पिरोंएं कि टूट जाए।

भोर गये चली घेर

निकल रहे सूरज को

हम तुम मिलकर के किरणें सँजोएं

इतना न सँजोयें कि फूट जाएं।

मेरे उर अंतर में

उमड़ा समुद्र आज

उर्मि-उर्मि प्रीति रख मिलकर बिलोयें

इतना न बिलोयें कि सूख जाएं।।

आदमी

चाँद तारों पर पहुँच कर

देखता अपनी जमीं

कितनी ही खुशियाँ सँजोये

हँस रहा है आदमी।।

देखकर रफ़्तार इसकी

रोकना मुश्किल इसे

दर कदम दर बढ़ता

आगे जा रहा है आदमी।।

अपने बनाये इस जीव पर

कुदरत को कितना नाज है

हर अदा कुदरत की भी

बयां कर रहा है आदमी।।

इसकी फितरत से सदा

कुदरत भी अनजान है

कितनी शक्लें लेकर ये

चल रहा है आदमी।।

बचपन

कल्लू ,मोहन ,गुड़िया, भोली

खेला करते आँख मिचौली

होती कितनी धमा चौकड़ी

माँ की प्यारी डाट याद है।

चौपायों संग निकला करते

वह चरते हम खेला करते

गर्मी में वह तरु की छाया

शीतलता का भान याद है।

सड़क नहीं तब पगडंडी थी

हर घर तक पहुँचा करती थी

जब ये घर को अकुला देती

ढलते दिन की शाम याद है।

बरसा पावस भीगा तन-मन

भाने लगे आम और जामुन

खट्टे-मीठे स्वाद सँजोती

अहिराने की बाग याद है।

गूँगी दीदी का डर आते

अपने घर आकर छुप जाते

संकेतों से सब कह जाती

गूँगी का संवाद याद है।

लगता था वह दृश्य मनोहर

कोकाबेली और सरोवर

ललचाते थे देख दूर से

हम सब का वो साथ याद है।।

विदा

अप्रत्यासित साक्षातकार क्षणिक अपलक निहार

किसी अपरिचिता का

वह सम्मोहन था या आमंत्रण,

मैं सानुरूप प्रवाह में बहता आकण्ठ डूब गया

फिर कुछ नहीं

बस सम्भावित एक वृत्तीय परिवेश में

बचने बचाने के प्रयास में आंदोलित करता एक स्पर्श

यहीं स्वप्रवत सब घट गया,

किस-किस ने देखा, नहीं जानता

प्रत्यक्षदर्शी बस इतना बता सके घटित-अघटित था

अब विदा शेष थी,

उनकी इच्छा थी, मैं उनके साथ चलूँ

उस यात्रा पर जो मेरे लिये नई थी और अंतिम भी

वे अपने परिवेश में न विस्तृत हो जाये,

बस यही चिंतन

मैं यह न स्वीकार सका

मैं अमौन रह मात्र इतना कह सका,

मैं कभी एक बार अवश्य आप के गाँव आऊँगा।

बादल

आ जाते आवारा बादल।

कभी बुलाने पर न आते

बिना बुलाए भी आ जाते।

जाकर फिर आ जाते बादल।

कभी दिवस मे अंधकार कर

कभी रात में दीप जलाकर

हमको राह दिखाते बादल।

सूखी धरती की पुकार सुन

झिल्ली-झींगुर करते गुन-गुन

छाया बन छा जाते बादल।

उमड़-घुमड कर रूप बदलकर

रुक कर कुछ संभल-संभल कर

हमको कभी डराते बादल।

कभी विकराल रूप धर आते

कभी इन्द्र धनुष बन जाते

कभी क्षीर बन आते बादल।।

ग्राम्या

केशों के मध्य भर गया सिन्दूर केशरिया,/गंध भरे बासंती

लज्ज़ा ही लज्ज़ा ले फैल गई खेतों खलिहानों तक/देखते ही
देखते शैशव छिप गया उम्र के ढलान पर/वह

खिंचती सरकती ही गई अग्रोन्मुख प्रवेग ले/तृष्णा के

रीते क्षण और पल्लवों में पुलकित पुष्प सौंदर्य व शलभ

गुन्जन/कहीं गुन्जरित हो उठा एक श्रम गीत/अनुभूतियों में
मूर्तिमान हो आया कोई/सामध्य कोमल स्पर्श हुआ मांग
मध्य/आह्लादित वह विकल हो उठी ,

सूखे कगार सदृश/केशों के मध्य उलझे ढेर के ढेर पराग

हँस पड़े/किसलय ने चूम लिया अधरों को/वह उसी ओर
बढ़ आई,जहाँ मिला वह,कर्म की गठरी सेबोझिल/चिर
परिचित सा हँस–हँस कर गा रहा उमंग गीत/खुले

आकाश व कटे खेत के बीच।

वे क्षण दूर हुये/उन गाँवों से बहुत दूर/न वह धरती/दूर दूर
तक रेगिस्तान सी परती भूमि/सूखा पर सूखा/वह

नहीं दिखता अब,धूल भरे झकोरों में लिपटा पड़ा होगा

कहीं/वे भाव जीवित हैं अब भी/अब भी व्याप्त है वही
तृष्णा संयोग की।

सरिता के मंद में प्रवाह बह रही संध्या मिट्टी से उठ रही सोंधी
बयारि में खो गई/एक तरुणी गेहूँ के कटे खेत में

अब भी एक एक दाने बीन रही थी/एक शैशव झाँक गया
मुझमें/दूर से बढ़ आया उसी ओर/देखा/सामने लज्ज़ा से
लिपटी, फटी धोती पहने खड़ी थी वह बेल-सी/जी
चाहा,उससे पूछूँ पास जाकर/इसी बीच कहीं दूर सांध्य गूँज
उठा/पास की बाँस की कोठ से उठ रही मार्मिक ध्वनि फैलने
लगी/और ढक उठी लालायित हो झाँक रही श्रृंगार रहित
माँग/व अन्न भरे गठरी छिपने लगी गोधूलि के धुंधलके में/मैं
उसी ओर देखता रहा,घरों से निकलकर धुएँ का एक स्तर
पृथ्वी से करीब-करीब

सिमट चुका था/पास स्थित मिट्टी के घरौंदे में दीपक जल
उठा/सूख गयी पास की नदी में झिल्ली ,झींगुर

गुनगुना उठे/गहन अंधेरा बसने लगा/दिखने लगी प्यासी-
सी काली-काली / ,दूर-दूर तक/टेढ़ी-मेढ़ी पसरी-सी।

गीत

जगत है सम्पूर्ण मिथ्या, तू बनी क्यों चिर

आज मुझमें।

न कहे तू बात तेरी रीत जाये

न हटे तू रात ऐसे बीत जाये

एक भूखी स्वजलन में न जले तू

आज मेरी वासना में न बढ़े तू

और तृष्णा धन मिटाकर, तू कहे वह फिर

प्रिय हृदय में।

गीत बन अधरों पे रख कुछ गुनगुना लूँ

स्वप्न बन पलको में मैं तुझको छिपा लूँ

एक निद्रा दे मुझे तू यूँ सुला दे

न उठूँ मैं फिर कभी, लोरी सुना दे

पूर्व स्मृति बादलों−सी, पुनः आये घिर

नीले निलय में।।

गज़ल

चलते-चलते रुक गया हो

मानो कोई काफिला

भीड़ में इक अज़नबी का

सामना अच्छा लगा।।

जो थी औरों की जुबानी

इक खूबसूरत दास्तां ।

सब से छुपकर उस किसी को

देखना अच्छा लगा।।

सुरमई आँखों में चुपके

ख्वाब कितने छा गये।

कहते-कहते कुछ किसी का

सोचना अच्छा लगा।।

दिल में कितने वहम थे

उसको भुलाने के लिये।

वो मिला तो सब इरादे

तोड़ना अच्छा लगा । ।

गीत

गात से उलझा-उलझा मौन

पुकारे इस दुर्दिन में कौन

रात का पथ भूला सा पथिक

न जाने किधर उठेगा व्योम

निशा के भीगे-भीगे अंक

भूत के फैले विम्बित अंग

दिखाती उत्सुकता में चाह

कलंकित कल के निर्धन रंग

अधर पर ठहर न पाये गीत

पुकारे आजा मेरे मीत

उमड़ती प्रीत रीति में चाह

जलाऊँ कब तक पथ पर दीप

द्वंद पर चलते-चलते पाँव

ढूँढ़ता थक कर अपने ठाँव

पूछने पर कहते ग्रामीण

नहीं यह उनका सुन्दर गाँव

* * * *

गीत

याद मुझे कैसा था वह क्षण

पास कभी जब तुम आय थे।

इक दूजे को सम्मुख पाकर

इक दूजे को हम भाये थे।

तुमसे मिलकर आई थी

जाकर दर्पण में देखा था

हर बात नई-सी लगती थी

जो कुछ था अनदेखा-सा

महक गया मन, महका आँगन

महक उठी थी रात सुहागन

दिवा स्वप्न था या भ्रम मेरा

तुम ही तुम परितः छाये थे।

गई रात तुमने ही चुपके

मुझको आकर घेरा था

मैं सोई थी पा अकेली

चुपके आकर छेड़ा था

भाग रही थी भाग न पाई

रोक रही थी तुम न माने

टूट गया यह सुन्दर सपना

सम्मुख न थे तुम बेगाने

छूकर भी मैं पकड़ न पाई.

मधुर प्यार के वे साये थे।।

हिंदी शायरी

कभी हम एक थे

और दो हुए, फिर चार हुए।

इस तरह भीड़ में

तब्दील बार-बार हुए

बहकते कदमों को

काबू में कभी कर न सका

पाँव फिसले

आबरु से तार-तार हुए।

दो निगाहों ने

मुझे बार-बार टोका था

बच्चों के मानिन्द

अँगारों को बार-बार छुए।

खुद को खूब

सँवारा था एक अर्से तक

आईने में देखकर

हम बहुत ही बेज़ार हुए ।

आज अपनों पे

कितना भरोसा था मुझको

उन्हीं की फितरत से

आज हम बेकार हुए ।।

उपवन

न जाने किसके कहने पर

भौंरे आ जाते उपवन में

गुन-गुन कर फूलों पर बैठे

क्या कह जाते उपवन में

जाने किसकी याद सँजोये

गुल मुझाति उपवन में

पतझड़ से बसंत आने तक

क्या सह जाते उपवन में

वादे पर आकर मिल जाते

रुक न पाते उपवन में

कभी न थकते और बतियाते

जब मिल जाते उपवन में

माँ

बचपन में मेरी किसी गलती पर/माँ एक कहानी सुना देती/मैं पूछ बैठता, 'माँ! तू इत्ते किस्से कब से जानती

है;?/वह किस्से का अंत सुनाकर चुप करा देती/। मैं

भी अब किस्से लिखता हूँ/हर किसी से जुड़कर/लिखते-लिखते देखता हूँ मुड़ कर/माँ दिख जाती है/

वही अपने अंदाज में/देखो!इसका अंत यही होगा/यदि यह नहीं होगा तो संस्कार खो जायेगा/माँ बोलती है, 'खूब लिखना, प्रेम को आम न बनाना/

प्रेम को अंधा न बनाना/

दिल बहुत बड़ा होता है, उसकी धड़कन से जीवन है/दिल देने वाली चीज नहीं है दिल को अपना बनाकर रखना /किसी कार्य को दिल लगाकर करना/।

लिखना खूब जरा संभलकर/अपने को संभालकर लिखना/नहीं तो पाठक भटक जायेंगे/।

बच्चे के कान में पहली कविता लोरी होती है/जो माँ सुनाती है/बड़े होने पर/ कोई अर्धांगिनी बन आ जाती है/वह भी अच्छी होती है/वह केवल अपने प्रेम के गीत गाती है/अपनों

की यह बात औरों तक न ले जाना/नज़र चढ़ जाती है जिंदगी/मैं के साथ तमाम रिश्ते हैं/जीवन हमारा है/इतना कहकर माँ रुकती नहीं/चली जाती है/मैं फिर से लिखने बैठ जाता हूँ/।।

हिंदी शायरी

शायद कोई सवाल बाकी है

हम हर जवाबो में ढूँढते हैं।

रहबर की तमाम हरकत को

हम हर रहगुजर में ढूँढते हैं।

जिसकी तलाश थी वो गुजरा है

हम लम्बी डगर में ढूँढते हैं।

उसके इंतजार में ताउम्मीद रहे

उसे हम सहर में ढूँढते हैं।

उस शहर पे आज क्या गुजरी

हम हर खबर में ढूँढते हैं।

हर तरफ क्यों खामोशी है

खुली हर नज़र में ढूँढते हैं।

श्रमिका

द्वंद के रुपहले क्षण,एक व्यथा आक गई।

अपने ही आँखों में, उत्सुक वह झाँक गई।।

ज्योति नई जागी व नींद उड़ी नयनों से

बढ़ आई राहों में, झुरमुट को पार कर।

रश्मि का अभिषेक हुआ छप्पर पर ,कूलों पर

बिहँस उठी कलियाँ व भ्रमर उड़े फूलों पर

छिपती व हँसती और लज्जा तन ढाँकती

पहुँच गई खोद रहे मिट्टी के काम पर।

रवि ने तन चूम लिया, दूर हुई यामिनी

श्रम के नव छन्द उगे झूम उठी कामिनी

पछुआ से झुलस रहे, हास भरे अधरों पर

भेंट गई छन्द एक विकृत कगार पर।

तपती दोपहरी में , बरगद की मूल पे

लिपट गई सपनों से,अपने को भूल के

धूप ढली आँख खुली,पगली-सी भाग चली

डर गई अपनी ही, छाया से हार कर।

काया से लिपट रहा अँधियारा दुर हुआ

छोटी सी कुटिया को दीपक से प्यार हुआ

ईंधन की ऊष्मा से ऊबती व खीझती

रह-रह कर देख रही खेत के मचान पर।

हाथ धरे गालों पर,प्रियतम को जोहती

कहाँ रुके हैं अब तक, अपने को कोसती

खटक गई द्वारे की साँकल की खन-खन सुन

उत्सुक हो भागी निज आँचल सम्हाल कर।।

बसंत ऋतु

आया बसंत मिले कंत और नया सत्र

अंग-अंग टहनी ने पहन लिये पीत वस्त्र।

पोर-पोर फूले निर्लज्ज मिली अंग खोल

शिशु फल से भार गई टहनी सब गई बोल।

उपवन-उपवन जा कोयल कुहक गई

गाँव-गाँव गली-गली बात एक बहक गई।

एक चिढ़ी सास की हथेली पर दूब उगी

औ एक अभागिन के आँचल की आस जगी।

बिखर चली ठिठकी गलियारे की एक भीड़

जाग गया हर पक्षी उपवन में नीड़-नीड़।

धरती से अम्बर तक एक हुआ उड़ा फाग

गूँज उठा गाँव-गाँव घर घर बसंत राग।।

इंदु

अहा!इन्दु हो छिपे कहाँ,

इस निशा अब्दमय अम्बर में।

क्या अब गरिमा का भान हुआ,

जो छिपा लिया शीतल कलंक,

इस दीर्घ काल के अन्तर में।

झिल्ली झंकृत पथ पर कितनी

प्रिय प्रेम लिये अलकें बिखरी

उद्धत पलकों से बोल रहीं

हट दूर व्योम के हे अम्बुद

प्रिय झील से भर लाऊँ गगरी

वह शून्य अक्षि करके तुझ पर

सब छटा समा लेती उर में

जैसे प्रिय उनके अन्तर में।

उध्दत लहरों से श्रांत सरित

शशि प्रभा हृदय में समा रही

ठहरी मुद्रा ऐसी गहरी

निज विह्वलता से मुक्त मंद

हो गई शिथिल कोई पहली

जग से सुद्भर, कोई महर्षि,

स्व समा गया हो चिंतन में

हों देव व्याप्त उसके तन में।

वसुधा पर कितने तुंग खड़े

दिनकर प्रकाश में झुलस रहे

प्रतिध्वनि श्रृंगों से बोल रहे

अब हटा अभ्र आ जा हिमांशु

शीतल कर दो हम अग्नि लिये

कितने कठोर पाषाण खंड,

हैं दृष्टि किये अनंत तल में

हों वाल्मीक इस नव युग में।।

गीत

दर्पण में जाकर देखो तो,तुम कितनी सुन्दर लगती हो

मुख पर मुखरित अरुण प्रभा

माथे पर शोभित लघु चन्दा

केशों के लघु अवगुंठन में

युग्मित शिशु बिषधर का फंदा

अलसायी आँखें लेकर तुम, नित्य सुबह जब उठती हो।

तुम कितनी सुन्दर लगती हो।।

पुरवा में उड़ते बादल संग

है पूर्ण इंदु सबको भाता

तुम जैसे छत पर आ जाती

वह बादल में जा छुप जाता

दूर खड़ी निज होठ हिला,कुछ मौन शब्द जब कहती हो।

तुम कितनी सुन्दर लगती हो।।

उजली काया परिधान नये

जूड़े में फूलों का अर्पण

इस पर भी पथ पर काया में

सौंदर्य खोजते दो दर्पण

अपलक निहारती शरमाकर,अन्यत्र देख जब भगती हो।

तुम कितनी सुन्दर लगती हो।।

गज़ल

तेरे प्यार में मेरा हक मिला, मेरी जिन्दगी मुझे भा गयी।

मुझे हाँथ दे के उठा लिया,बाहों में तेरे समा गयी।।

इस राह में हर मोड़ पर,

हर जगह तुम्हारा ही जिक्र था

होठों पे बात थी अनकही,

किससे कहें यही फिक्र था

नजरों ने जब तुम्हें पा लिया,होठों पे भी बात आ गयी।।

जिन्दगी के हर ख्वाब को

इन्द्रधनुष के रंग से रंग दिया

हर पल मधुर,मेरे प्यार का,

मधुबन के गंध से भर दिया

तेरे प्यार की हर रोशनी, आँखों में मेरे समा गयी।।

खिले फूल न मुझर्रा सकें

अब ख्वाब न कोई ख्वाब हो

मेरा चाँद आके न जा कभी,

हर रात चाँदनी रात हो

ताउम्र को मेरी जिन्दगी ,तेरी जिन्दगी में समा गयी।

तेरे प्यार में मेरा हक मिला मेरी जिंदगी मुझे भा गयी।।

नानी का घर

नन्दू जब नानी के घर जायेगा

गये अँधेरे/बहुत सबेरे/नींद त्यागकर

बिस्तर छोड़ और भाग कर/

लगा दौड़ने/जल्दी से मुखमंजन कर/

नंगे-नंगे ठंडे जल से/नहा नहाकर/मैल

छुड़ाये/पहन वस्त्र फिर बाल सजाये/

भाया या न भाया/

जल्दी-जल्दी खाना खाया/

मोजा डाला/जूता पहना,/

छोड़ शरारत/वफादार बन/अपने माँ का/

कदम-कदम पर माना कहना/

उठा बैग/और खड़े-खड़े ही इंतजार कर/

नहीं थक रहा/देख रहा बस माँ का बढ़ना/

पैदल चलकर /माँ को थामें /आगे बढ़कर/

रिक्शा वाले से बतियाता/

कितनी जल्दी है/छोटे नन्दू को/माँ से भी

पहले नानी को दिख जाने की/कितनी

खुश होंगी नन्दू को पाकर नानी/जल्दी-जल्दी

लायेंगी/ कुछ खाने को व पीने को पानी/

नानी को पाकर/बैठ गोद में/मम्मी पापा की/

दादी की बाबा की/कितनी बात बतायेगा/।

नन्दू जब नानी के घर जायेगा/।।

सोचता हूँ

सोचता हूँ आज कुछ लिख दूँ

कुछ तुम्हारे लिये

कुछ अपने लिये

जिनके बीच हम रहते हैं

उनके लिये

लिख-लिख कर

कितनी आँख मिचौली खेली है

दोनों ने

क्या समझेंगे सब

मैं और तुम के पीछे पाँत खड़ी है

हम दोनों के मध्य

कितनी कविताओं की एक लड़ी है

जैसे तुम लिखती हो मैं पढ़ लेता हूँ

सम्प्रति जो भी मैं लिखता हूँ

तुम भी पढ़ लेना

दीदी चुप रहती है, सब कुछ जानती है

हम दोनों क्या करते हैं

बस खुश रहती है हम दोनों पर

कि हम बस कितने नये बहाने लेकर

कविता लिखते रहते हैं।

जिंदगी

धीरे-धीरे एक नदी सी बहती जाती है

गिरकर कहीं-कहीं रुक-रुक कर

बढ़ती जाती है।

कहीं उठाकर कहीं गिराकर

कई मोड़ से, आ-आकर

फिर मिल जाती है

बचपन बीता , आया यौवन लेकर आशा

और बुढ़ापा,श्रांत पथिक की लिये निराशा

घिरती जाती है।

नदी नहीं यह मन की पीड़ा

अन्तर में ही करती क्रीड़ा

सानुरूप हो, एक लय लेकर

सुख दुःख से भी निर्भय रहकर

पहुँच मुहाने विस्तृत पाकर

मोहमई भाषा अपनाकर

छलती जाती है।

और नहीं है कोई साथ में

बिना लिये पतवार हाँथ मे

बढ़ती जाती है।

अपना भी एक मकान हैं

मकानों के जंगल में

अपना भी एक मकान है

अन्दर हम रहते हैं बाहर एक दुकान है

पत्नी है मेरे दो बच्चे है और मैं हूँ

पिता जी यहाँ नही रहते

कहाँ हैं नहीं मालूम

माँ कहती है, लम्बे अंतराल पर आये थे

दो दिन बाद चले गये थे फिर नहीं आये

उनका होना या न होना,कुछ न खलता है

जीवन तो जीवन है उन बिन भी चलता है

माँ विस्तृत जीवन जीती है

बहू उसकी बेटी भी है

मैं उसका बेटा हूँ फिर भी वह मुझमें

मेरे पिता जी को देखा करती है

मेरे बच्चे भी दादी न कहकर माँ ही कहते हैं

वह अब माँ है पूरे परिवार की, अड़ोस-पड़ोस की

मकान में हम मुक्त रूप से रहते है अब

गमले में लगी लता खम्भे के सहारे चढ़ रही है

नीले व सफेद फूल खिल आये हैं

माँ बच्चों से कहती है,फूल सुन्दर हैं

अपराजिता के फूल हैं ये,इन्हें मत तोड़ना।।

गीत

धूप में नहाया वह नीला आकाश।

क्षीर-सी छितराई बदली छंट गयी

श्रान्ति से पथराई हर राह कह गयी

रह गई लक्ष्य तक पहुँचने की आस।

कलकल के मध्य हुआ श्रम का संचार

कोमल कर कर बैठे मिट्टी से प्यार

पायल की छम-छम संग भूला आवास।

धान रोपे खेतों में हाथ रहे रीत

तपती दोपहरी में पक गये गीत

सूख गये कंठों की मर गयी प्यास।

पछुआ हवा आ लज्ज़ा उड़ा गयी

आयेंगे अब वह संदेशा बता गयी

झूम उठी मेड़ों पर मुझ़ायी घास।

हास भरे अधरों पे उलझ गई बात

मौन भरे नयनों में उभर आया प्रात

आँगन की देहरी पर छाया मधुमास।।

आँगन की देहरी पर छाया मधुमास।।

गीत

आज पिया घर आये।

पूर्ण चन्द्रमा नभ पर आया

संग में लिये प्रणय चिर छाया

डोले पात व्यथित क्षण भूले

स्वप्न कोई शुचि पलकें छू ले

पल-पल दौड़ व्योम में जलधर

इंदुमुखी अवगुण्ठन खोले

स्मित मुख पर आ शोभित

प्रिय मन को हर्षाये।

कर श्रृंगार निशा जब आयी

लिपट गई भय से परछायी

प्रिय तम में प्रियतम संग जाऊँ

जी भर दीपक राग सुनाऊँ

झूमें प्रणय उठे जीवन स्वर

धुले मध्य स्थित तम स्तर

प्रिय छवि को मैं अंग लगाऊँ

हर घन तम मिट जाये।

जिंदगी एक पहेली

किसी बच्चे की तरह दिखती है

कभी अपने खेल में व्यस्त

कभी खिलौनों को छिपा

कहीं छिपकर बैठी

कुछ करती कभी चुप–सी

मैं पाता हूँ मुश्किल से

झपकी आते ही मेरे

निकल लेती है कहीं और जिंदगी।

कहीं हँस देता हूँ

उसकी हरकत पर

कहीं खिझाती है

आधी रात को जगाकर

अन्यत्र भटकाती है जिंदगी।

मैं रो देता हूँ

मौन रह देखता हूँ उसे

मेरे कन्धे पर बैठ

मुँह नोचती है

गुदगुदाती है

मैं क्रोध नहीं करता

वह नादान है प्यारे बच्चों-सी

मेरी जिन्दगी।

जिंदगी कभी सहेली, कभी पहेली

भारत माता

अच्छी मेरी भारत माता

माता के माथे की बिन्दी।

मेरी प्यारी भाषा हिन्दी।

तत्सम में तत्भाव ढूँढते

भावों के भ्रम जाल टूटते

स्थिति के अनुरूप रूपधर

लिये भाव सब शब्द फूटते

एक वस्तु को कई नाम दे

अपने रूप दिखाती हिन्दी।

हिन्दी नहीं यह समाज है

जो पहले था वही आज है

जिसने चाहा इसे मिटाना

उसका ही मिट गया ताज है

बन वट बृक्ष हवाई जड़ ले

अक्षय अमित सदा है हिन्दी।।

अक्षय अमित सदा है हिन्दी।।

बेटी

मैं हर घर की चहेती

माँ कहती है मैं पापा जैसी हूँ

पापा कहते हैं मैं मम्मी की तरह हँसती हूँ

दादी मुझे देख कर अपनी भोली

सास को याद करती है

नानी मेरी मौसी को मुझमें देखती

है,जो अब इस दुनिया में नहीं है

मेरा हर ओर से दुलार है

सब ने अलग नाम दिया,मैं अनोखी हूँ

बहुत दिनों बाद इस घर में आई

एकमात्र संतान हूँ

मम्मी और पापा की चहेती हूँ

आज मैं उनके बीच लेटी हूँ

क्योंकि उनकी मैं बेटी हूँ।।

अप्रवासी

मैं भी इसी देश का निवासी हूँ।

मैं बस अप्रवासी हूँ।।

अब घर से,अपने वतन से दूर हूँ

बड़ा खुशहाल हूँ।

लोगों के लिये

मिसाल हूँ।।

जहाँ हूँ अपने गिर्द

वहाँ भी अपना वतन पाता हूँ।

इसीलिये सोचता हूँ घर की

पर आ नहीं पाता हूँ।।

कुछ लोग कहते हैं

घर भूल गये सन्यासी हूँ।

लोग क्या समझें मेरे दिल की

किसी खूबसूरत चेहरे की उदासी हूँ।।

मैं बस अप्रवासी हूँ।।

यहाँ पर भी वही सुबह होती है

वही शाम होती है।

यही सोच ही हमारे दर्द ढोती है।।

अतीत के अपनो के यथार्थ लिए

आज मैं आभासी हूँ।

मैं बस अप्रवासी हूँ।।

रिश्ते

रिश्ते को बाँधो मत

स्वच्छन्द विचरते पाया उसको

फिर खुली आँख से जो देखा है

वही सत्य है।

जो प्रिय है

उसको बंधन क्यों देते हो

पिंजड़े में रखकर देखोगे

खिला फूल मुरझा जायेगा।

यदि तोड़ इसे तुम रख लोगे

मानो ,मेरा क्या सबका है मत

बंधन से मुक्त तुम्हीं

औरो की बंधन दे कर जो देखा

वही सत्य है।

अदृश्य

किसी लम्बी खामोशी में

स्थित कर प्रतीक्षा करता हूँ

तुम्हारे स्वर नहीं फूटते

कोयल गा देती है किसी दूर उपवन में

तुम कभी कभी चिढ़ाते हो न उसे

न चाहकर भी अपनत्व है मुझमें

स्कूल से छूटे बच्चों की भीड़ से उठते

शोर के बीच पहुँचकर एक तलाश में

तुम्हारी चुप्पी सुनता हूँ

तुम बिना देखे दूर जाते दिखाई पड़ते हो।

मैं चुरा लेता हूँ

दृष्टि क्षेत्र से ओझल होने से पूर्व

तुम्हारा अक्स, जो युवा है

तुम्हारी चंचलता ढूँढता हूँ

दूर से तुम पर आँख रखता हूँ

पुकार नहीं सकता,बोल नहीं सकता

प्रशंसा के दो शब्द भी

मैं कई बार सुना है कि मुझे जानते हो

अतीत के सहारे कोशिश करता हूँ

पहचानने की

समझने की

फिर भी ,अतरंग लगता है

तुम्हारा वर्तमान

सम्प्रति तुम हो दिव्यमान,

तुम हो दिव्यमान

कविता

आगत के स्वागती सब

विगत को भी याद कर लो

बुझ चुके इतिहास में फिर

पूर्वजों का प्राण भर दो

अद्य पथ पर एक स्मृति

कीर्ति का गौरव जगा दे

आज की पीढ़ी समझ ले

हृदय में अपने बसा ले

उन्हें भी यह ज्ञान पाकर

गर्व हो उन पूर्वजों पर

स्वधर्म से निज देश पर

हो चुके हैं जो निछावर

जीवन नैया

जिन्दगी की नाव मेरी

देखो कैसे चल रही हैं।

कोई आये साथ मेरे

एक आहट छल रही है।

नदी ही इसकी सहेली

साथ जिसके बढ़ रही है।

कहीं लहरो पर हवा संग

नाव क्रीड़ा कर रही है।

समय की लम्बी नदी में

नाव–सी यह जिंदगी है।

पल पल उमंग इसकी

उर्मि संग मचल रही हैं।

नदी उसको संग अपने

उदधि तक ले जायेगी।

बिछुड़ने की कल्पना से

कर अभी से मल रही है।।

प्रेम-गीत

हम दो कूल हैं

मध्य बहती रहती है

एक नदी

मंद-मंद

निरंतरता लिये

प्यार की

हम आँख टिकाये

रहते हैं

आगंतुक रास्तों पर

प्रतीक्षारत

माँ का स्नेह

माँ कितना प्रेम करती थी कि

उसके आँचल में ही रहकर देखता

परखता फिर समझ कर ही किसी

से मुस्कराता, माँ खुश हो कह देती

देखो ,पहचानता है।

चलते-चलते पालतू सभी अपने थे

दौड़ लगाते

लुका छिपी के खेल में पेड़ साथी थे

फिर ताल-तलैया, किनारे के आम

और जामुन के पेड़

इनके नीचे ही

कभी काकी से भेंट कही दीदी से मेल

कहीं जंगल-जलेबी कभी गोटी का खेल

भैया, दीदी के जैसी

हमारी दुनिया हुई

दूर तक दुनिया दिखने लगी

मित्रों के बीच रहता हूँ

डाँटती है माँ खाने को

माँ बहुत प्यार करती है।

प्रकृति प्रेम

मिट्टी के घर गर्म मौसम में

ठंडे रहते हैं।

मिट्टी के घर ठंडे मौसम में

गर्म रहते हैं।

ईंट पत्थर के मकान

गर्मी में अधिक गर्म व

ठंडी में ज्यादा ठंडे रहते हैं।

प्रकृति अपने गोद में

माँ जैसा प्यार देती है।

मेरी कल्पना ,कृतिमता

की ओर ले जाती है और

यह हमें अपने अनुरूप

चलने को बाध्य करती है।

प्रकृति से छेड़-छाड़

मत कीजिये

माँ को नाराज मत कीजिये।

कविता

ऐसे समय में

आखिर किया ही क्या जाय

आज मन है कितना निरुपाय।

सोचता हूँ किसी को आवाज दूँ

न सुने तो मैं उसे विश्वास दूँ

ज्ञात उसे भी हो मेरा अभिप्राय।

एकाकी मैं मेरा एकांत है

सफर

हम हैं तुम हो, और ये लम्बा सफर है

खुशी से कट रहा सब को खबर है।

लक्ष्य ऊँचा है अभी से दिख रहा है

बस चाह मन में है न कोई डगर है।

सब समझते ये हमारी आवारगी है

कौन समझाये ये उनकी नज़र है।

अँधेरी रात है फिर भी बढ़ रहे हम

सुदूर जल रहे दीपक का असर है।

मुसीबतों से डर का मतलब नहीं है

रहबर जहाँ पर कोई हमसफर है।

मैं हूँ जमीं पर आसमां तो देखता है

है गैर कौन हर कहीं अपना घर है।।

लड़की पूछ रही है

क्या तुम्हारी बेटी जैसी नही हूँ ,बेटे से कह दो

बचपन में तुम्हारे साथ खेलती थी, वही बड़ी हुई है

तुम्हारी तरह सजती है ,विवाह के बाद, तुम उसे विदा दोगे,
अपनी बहन की तरह।

क्या तुम्हारे बहन जैसी नही हूँ,तुम्हारी बहन भी बचपन से
मेरी सहेली है।

तुम्हारी भी शादी होगी,तुम्हारी पत्नी मेरी भी भाभी होगी।

गर तुमसे मैं बात नहीं करती

मेरे आदर्श को मेरा घमंड मत समझो।

माना मेरा अपरिचय है

मैं तुम्हें ,धर्म-भाई ,धर्म-पिता ,धर्म-पितामह

स्वीकारती हूँ मन में न कुछ भेद लिये

मुझे भी, धर्म-बहन, धर्म-पुत्री

धर्म-पौत्री स्वीकार कीजिये।

हम राम के वंसज है, हम सीता की संताने है

हमारे लिये हनुमान बनो,

हमें अब किसी का डर न हो।

हम सब भारतवासी एक परिवार है

अपने परिवार में अब हम असुरक्षित है

अब हम कहाँ जाये।

क्या कृष्ण कोई नहीं बनेगा,द्रौपदी की कोई नही सुनेगा

क्या सभी भाइयों के कारण दुर्गा-काली बनकर जीना होगा।।

गूँज ख़ामोशी की

इस निशा में कहीं से आवाज आती है।

कहीं कोई किसी की याद में

कुछ गुनगुनाता है

या दूर से अपना कोई

मुझको बुलाता है

सोचता हूँ मगर

समझ में कुछ नहीं आता

मधुरता इन क्षणों की फिर भी

मन को लुभाती है।

प्रणय की यह अवस्था

अब मुझे सोने नहीं देती

अपशकुन की एक लघु शंका

हँसने नही देती

हमें रोने नही देती

अज्ञात आकुलता के

इन पलो में कुछ नही भाता

तब दूर जंगल में

कोई आवाज पंछी की

घोलती करुणा

मुझे कितना रुलाती है।।

नर-नारी

तुम भी आधा बने, मैं भी आधा बनी।

पूर्णता के हेतु जब, कदम दो आगे बढ़े
एक न हो सके हम, काया ही बाधा बनी।

तुम भी थे तब सो गये और मैं भी सो गयी
दुनिया सपनों की, कितनी सुहानी लगी।

जागा तो सामने था, वहाँ कुछ भी नहीं
दुनिया अनोखी यह बहुत ही फानी लगी।

हम मिले तो बहुत पर कभी भी न मिले
तुम न कृष्ण हो पाये और न मैं राधा बनी।

फूल उपवन में खिले, पर सब मुझ गये

और हमारी जिंदगी, अधूरी गाथा बनी।।

धैर्य

धैर्य रखो

होगा वही जो सोचते

यह देश है

सबको यही संदेश है।

क्यों, अनेकों मत

हो जाओ नत

बनो कर्मरत

बस अपने पथ

कान दो जो शेष है।

अब तम नहीं क्यों शोर है

है सामने अब भोर है

ये सामने है भीड़ जो

देखो अभी,अपने सभी

आपस में प्रेम की डोर है

हर कोई समान है

न यहाँ कोई विशेष है।।

दोहे

जिस पथ पर मोहन गये, राधा रही निहार

रात्रि दिवस का भान नहिं, भूल गया श्रृंगार

जब तक न आ जायेंगे, छाया मन पर भार

कुछ भी अब भाता नहीं, छोड़ दिया आहार।

झूले अब तक नही पड़े, झुकी कदंब की डारि

बाट जोहते थक रहे, ग्वाल बाल सब नारि।

दधि बेचन मथुरा गईं ,ग्वालिन कर श्रृंगार

कहन चाहती दही लो, करत कृष्ण उच्चार।

कविता

जो भी गुजरा था खूबसूरत था

आज यादो में भी कहाँ कम है।

बात छोटी भी

तुम्हारी कान देता

तुम्हारा हँसना

मुझे भी हँसा देता

सबसे छुपकर जो चिढ़ाते थे

सोचकर ही आज आँख नम है।

तुमको जाना ही था

न रोक सकता था

छोड़कर आना था

अकेले न छोड़ सकता था

विदा थी

तुम कुछ कदम चल मुड़कर जो देखा था

ये जुदाई मिलन से कहाँ कम है।

हाँ वादा किया था कभी

तुम्हारे गाँव आने का।

न मैं आया, तुममें ही कहाँ आया

रिश्ता निभाने का।।

सम्प्रति तुम कहाँ हो

युवा क्या आज वैसी हो।

नही, तुम जहाँ हो निशा में भी

कह रहे होंगे सब कहाँ तम है।।

शबनम

तारों के साथ रात भर

चमकती हुई शबनम

अलसुबह आसमां से

उतरती हुई शबनम

उजालो में पत्तों पर

आ बैठी हुई शबनम

किरनो के साथ खेलती

कई रंग की शबनम

धूप के आगोश से

बचती हुई शबनम।।

कविता

पेड़ों ने पाई थी जो उम्र

आँधियों ने उजाड़ दिया

समय से पहले

लड़की पढ़ने जायेगी

कल क्या खाएगी

पत्ती पर लिखे हरियाये शब्द

मिट्टी गीला कर दोषी उंगली से

लिख लेगी कागज की बातें

भाषायें ढोकर दूर-दूर तक

ले जायेंगी कल के गीत

कोयल कुहकेगी पहले जैसे ही

मैं और तुम में सम्मुख आकर

होगा मेल,फिर लौटेगा बचपन

होगा खेल, फिर खलिहानों में

होगी बातें, फिर बरसेंगे

महुये के फूल रसभरे

उजियारे में हरियाया दिखेगा

पत्ता-पत्ता

फिर पहले जैसे ही ।।

कस्तूरी मृग

ख़ुशबू का पीछा करते

कस्तूरी मृग सदृश भटकते रहे

इस जीवन में अपने ही पीछे।

चिराग की तरह जलकर परितः

प्रकाश बिखेरते रहे

ख़ुद को अँधेरे में स्थापित कर

मैं, कस्तूरी मृग, जलता दीपक

या मानव, मैं स्त्री, मैं पुरुष

तुमसे और मुझसे मिल

हमारा अस्तित्व रहा है,

और एक नाम मिला है

मात्र एक परिचय है यही स्वयं का

और आगे हमको नहीं पता है।।

www.ingramcontent.com/pod-product-compliance
Lightning Source LLC
Chambersburg PA
CBHW022146150726
47992CB00002B/779